NOUVEAU RECUEIL

DE FABLES

ET HISTORIETTES

MISES EN VERS

SUJETS PUISÉS EN PARTIE DANS LES LIVRES ARABES, PERSANS, etc.

A LA PORTÉE DES ENFANTS

PAR

GUILLIOT St AMAND.

DEUXIÈME ÉDITION

Revue, corrigée et augmentée.

Hommage de l'auteur aux mères de familles,
Pour leurs petits garçons, pour leurs petites filles :
Il a le vif désir que toutes les mamans,
Ce Recueil à la main, amusent leurs enfants.

1re livraison

A LA LIBRAIRIE CLASSIQUE DE A. POILLEUX, ÉDITEUR,
RUE HAUTEFEUILLE, 18,
ET CHEZ L'AUTEUR, PLACE ROYALE, 9.

1854

NOUVEAU RECUEIL

DE FABLES

ET HISTORIETTES

MISES EN VERS

SUJETS PUISÉS EN PARTIE DANS LES LIVRES ARABES, PERSANS, etc.

A LA PORTÉE DES ENFANTS

PAR

GUILLIOT St AMAND.

DEUXIÈME ÉDITION

Revue corrigée et augmentée.

Hommage de l'auteur aux mères de familles,
Pour leurs petits garçons, pour leurs petites filles:
Il a le vif désir que toutes les mamans,
Ce Recueil à la main, amusent leurs enfants.

1re livraison

A LA LIBRAIRIE CLASSIQUE DE A. POILLEUX, ÉDITEUR,
RUE HAUTEFEUILLE, 18,
ET CHEZ L'AUTEUR, PLACE ROYALE, 9.

1854

INTRODUCTION

L'an dernier, le suave et tendre Florian,
Tout rayonnant de gloire et d'un air souriant,
M'apparut tout à coup à travers un nuage.
Il dirigeait sur moi, voulant m'en faire hommage,
Un manuscrit en vers, un amusant recueil,
Qu'il ne put mettre au jour avant de fermer l'œil.
De son œuvre posthume, amis, faites lecture,
Il désire ardemment subir votre censure,
Entendre de là-haut vos applaudissements,
Éloge qu'il obtint de tous les corps savants.
Au surplus, commentez le chapitre des fables,
Il renferme, je crois, des avis profitables
Qu'il importe beaucoup à toutes les mamans
De réciter par cœur à leurs petits enfants.
Un lustre ou deux après, au temps d'adolescence,
On pourra sans danger et sans nulle imprudence,
A ces mêmes enfants, devenus grands garçons,
Inculquer chaque jour, ces utiles leçons,

Le tableau descriptif des plus saines sentences,
La véritable clef de toutes les sciences,
Que le bon Florian, ce regrettable auteur,
Me fera parvenir, pour être avec bonheur
Transmis tout aussitôt à l'aimable jeunesse,
Qui saura le relire au temps de la vieillesse.
Salut, honneur et gloire au tendre Florian,
Qui nous contemple, amis, de son air souriant.
A bientôt, chers lecteurs, la seconde partie,
Si le ciel bienfaisant m'accorde et prête vie.

DÉDICACE

A MADAME VICTORIA C..., MA FILLE

Ma bien bonne Victoria,
Si, pour te prouver que je t'aime,
Des *mea maxima culpa*
Suffisaient, j'en ferais mon thème
De tous les jours, soir et matin ;
Je m'en frapperais la poitrine,
Comme devrait faire un rabbin,
Avec une piteuse mine,
Pour témoigner de sa douleur,
D'avoir renié, pauvre hère,
Méconnu le Divin Sauveur,
Mort pour nous tous sur cette terre.
Mais je sors de la question,
Je m'étends beaucoup trop pour dire :
Je prends la résolution,
Ma charmante enfant, de t'écrire,
De t'adresser mes bouts-rimés,
De t'en faire hommage, ô ma Fille !

Tu peux, à tes Fils bien-aimés,
En bonne mère de famille,
Mon aimable Victoria,
Leur apprendre, sans nulle crainte,
Les fables de leur grand-papa.
Puissent-elles laisser l'empreinte !
Inculquer dans leur jeune cœur
La fleur de la saine morale,
Clef de l'honneur et du bonheur,
A dit dans sa leçon orale,
Le jour même de la Toussaint,
Dans notre église Notre-Dame,
Un vénérable capucin,
Surnommé médecin de l'âme.
Cet homme, tout en Dieu, rempli de charité,
Prédit aux bons chrétiens l'heureuse éternité.

NOUVEAU RECUEIL

DE FABLES

ET HISTORIETTES

I

PREUVE DE L'EXISTENCE DE DIEU

Au fond de l'Arabie, un homme du désert,
Questionné comment il avait découvert,
Lui, sans instruction, du vrai Dieu l'existence,
Dit tout naïvement, comme au temps de l'enfance,
Au temps de l'âge d'or, en ce temps précieux
(Hélas ! bien loin de nous, il fait bien peu d'heureux) :
L'instinct me l'a dicté de la même manière
Que vous reconnaissez sur cette vaste terre,
Sur ce sable brûlant, cet aride coteau,
Si c'est le pied de l'homme ou celui du chameau.
Puis, regardant la terre et sa grande étendue,
Les plaines d'Arabie au delà de la vue,
Cette mer agitée et ses flots mugissants
Avec flux et reflux, tous deux bien saisissants,
Enfin le Ciel orné d'étoiles scintillantes
Comme de vrais diamants, tant elles sont brillantes :
Que faut-il donc de plus pour prouver la grandeur,
L'existence là-haut de leur Divin Auteur ?

II

L'AVEUGLE A LA PLACE ROYALE

C'EST UN MAL POUR UN BIEN

Un malheureux aveugle à la place Royale,
Sur le glissant trottoir, sur le grès, sur la dalle,
Muni de tout son bien, d'un mauvais violon,
Se laisse un jour tomber, hélas! de tout son long.
Cet artiste ambulant, cet ennuyeux racleur,
Avant cet accident jouait avec lenteur
Cet air du juif errant, tellement *à merveilles,*
Que je fus obligé de boucher mes oreilles.
Non content, cet Aveugle, à la voix de stentor,
A fureur de chanter et de crier si fort
Qu'à la place Royale, à pareil tintamarre,
A semblable concert et grotesque fanfare,
Notre fidèle écho, que tout Paris connaît,
Mot pour mot, son pour son, sans cesse répétait
Ce galimatias pris pour une dispute.
L'aveugle, tout à coup, glisse, fait une chute
Qui pouvait être grave; il n'avait pour soutien
Qu'un bâton, et pour guide un fidèle et bon chien.
J'étais à ma fenêtre à la triste aventure;
Je le vis relever, n'ayant qu'une écorchure
Sur le front, mais hélas! son très-cher violon
Tout brisé lui causa poignante émotion.
« Mon gagne-pain, dit-il, mon unique ressource,
Cher Castor, mon bon chien, ma trop petite bourse
Avant peu sera vide. Ah! comment la remplir
Sans violon; de faim il nous faudra mourir. »
A pareil accident se montrer impassible
Ce fut, vous pensez bien, pour moi chose impossible.

Je descends sur-le-champ, j'arrive au malheureux
Déjà tout entouré de nombreux curieux,
Parmi lesquels je vis des âmes charitables,
Nos excellents voisins, personnages notables.
Le bon docteur Gaillard faisait le pansement.
Je tendis mon chapeau, j'obtins en un moment
De la foule compacte une assez forte somme
Que je remis de suite avec joie au pauvre homme
Tout à côté de moi, se trouvait du quartier,
Un honnête artisan, un excellent luthier,
Qui charitablement, sans autre récompense
Que le noble désir d'assister l'indigence,
Au pauvre aveugle dit : « De ton cher violon
Je vais faire chez moi la réparation. »
Ce qui fut dit fut fait. Chose extraordinaire,
C'est que cet instrument, brisé, presqu'en poussière,
Avant l'événement rendant bien peu de son,
A présent se trouve être admirablement bon.
C'est un mal pour un bien. Après la maladie
On fait joyeusement un nouveau bail à vie.
C'est l'heureux résultat d'une correction
Ramenant le méchant à toute sa raison.

III

LA BICHE ET LE LION

Une Biche voyant qu'une chasse la cerne,
Au même instant s'enfuit, entre en une caverne :
Tout émue, elle fit : « Ouf ! combien ai-je eu peur ! »
Elle tremblait encor de sa grande frayeur,
Lorsqu'à peu de distance, ayant mauvaise mine,
Aperçoit un Lion, qui tout droit s'achemine
Vers la sombre caverne; oh ! comment me sauver;

Hélas! je suis perdue, il va me dévorer.
Dans le même moment, le cruel Lion entre,
La voit, tombe dessus, pour en remplir son ventre.
La malheureuse Biche, en gémissant, se dit
Avant le coup fatal : « Misérable bandit!
Mais, quel mal ai-je fait à cette infâme bête?
Ses yeux étincelants lui sortent de la tête;
Pour une infortunée on le voit sans pitié,
Jamais pour nous son cœur n'éprouva d'amitié.
Pauvre et bien aimé Cerf, tu vas pleurer ta Biche,
Dont tu te pavanais et te croyais bien riche;
J'ai fui l'homme et les chiens pour éviter la mort;
Adieu, je sens sa griffe, hélas! c'est pis encor,
Je me sens déchirer par l'animal féroce.
Il paraît affamé; que sa dent est atroce! »

Débarrassé d'un mal, il arrive souvent,
Qu'on se voit retomber dans un autre plus grand.
De Charybde en Scylla, de mal en pis; en somme,
C'est notre pauvre Biche, ayant peur, fuyant l'homme
Pour éviter la mort, mais qui pour son malheur
Voulant se reposer et calmer sa frayeur,
Entre en une caverne où ne vient pas la chasse,
Mais où vient un Lion, qui bientôt la terrasse,
L'égorge et fait mourir, pour la mettre en lambeaux,
Puis enfin, s'en repaître en Roi des animaux.

IV

CHATEAU-THIERRY (patrie de jean la fontaine).

MON SONGE DANS SA CHAMBRE A COUCHER

Sur votre beau pays, ce cher Château-Thierry,
Que j'ai sans cesse aimé, qui toujours m'a souri,

Je ne saurais, Messieurs, m'arrêter, trop en dire
Sur ce qui s'est passé, même au temps de l'empire,
Si je n'appréhendais de vous faire bâiller,
De trop vous ennuyer, et de me voir railler.
Au surplus vous saurez que mon faible langage
Pour vous, bons citadins, ne peut être un outrage;
J'ai toujours pour principe, en terme général,
De voir souvent en bien, et rarement en mal.
O toi, Château-Thierry, beau séjour de ma fille,
De mes sœurs, de parents, d'amis de ma famille,
Site délicieux, bien riche en souvenirs,
Je te revois toujours avec tant de plaisirs!
Je rentre, avec bonheur, chez ma fille chérie,
Surtout en ce moment que sa cour est fleurie;
J'en admire la porte en face du perron
Menant directement à l'antique maison,
Devinez-le, Messieurs?... du bon Jean La Fontaine.
Ce beau choix de ma fille est une bonne aubaine,
A son cher Communal j'en ai fait compliments;
J'y passe nuit et jour d'heureux et doux moments.
Ce qui me fâche, hélas! c'est de voir *mons* Pégase
Toujours rétif ici dans l'immortelle case ;
Pourtant, en me couchant, j'adresse quelques mots
A La Fontaine avant de prendre du repos
Dans une grande chambre et dans une couchette
A colonnes, sévère et pas du tout coquette.
Le savant fabuliste, en arrivant ici,
Près de sa chaste femme, à son Château-Thierry,
S'y reposait des bruits de notre capitale.
Il était, nous dit-on, d'humeur originale.
Pour un léger motif, il venait de Paris,
Séjour du bien, du mal, des grâces et des ris,
Ne voyageait qu'en poste, avec son écritoire,
Son portefeuille, album aidant à sa mémoire;

Sur lequel en carrosse, il traçait jour par jour,
Ce que sur son chemin, à la ville, à la cour,
Il pouvait recueillir en incidents capables
De lui donner matière à composer des fables.
Ces apologues faits, repartait pour Paris ;
Et cependant c'était le meilleur des maris.
De toujours voyager il avait la manie,
Voilà comment, Messieurs, il a passé sa vie,
Ce savant fabuliste ; il a fui pour jamais !
Une prière au Ciel, pour qu'il y soit en paix.
Je le crois bien heureux ; en un mot, je suppose,
Qu'au céleste Séjour, que là-haut il repose.
La semaine dernière, au milieu de la nuit,
Quand la nature est calme et tout à fait sans bruit,
Par un temps magnifique, un brillant clair de lune.
M'apparut dans un char, espèce de tribune,
Suspendue en plein air, s'avançant lentement
Le bon Jean La Fontaine, en haut du firmament.
Quand il fut à portée, au centre d'une plaine,
Il fit : « Réveille-toi, je suis Jean La Fontaine,
Qui vient comme interprète, ami des animaux
T'annoncer au plus vite une scène d'oiseaux,
Que tu raconteras, dans ton style de fable
Sans supprimer un mot, tu seras bien aimable.
Te voilà prévenu, bonne nuit, Saint-Amand,
Je reprends mon essor, remonte au firmament. »

La scène des oiseaux, ce n'est pas un mensonge,
Dans le fort du sommeil m'apparut ; j'eus ce songe :

MAISON JEAN LA FONTAINE

Certain soir me couchant, le cœur sombre et rempli
De tristes notions d'un malheur accompli,

Dans un sommeil profond je tombai, j'eus un songe,
Je me crus transporté sur la légère éponge
Qui soutint, sur la mer, Rémus et Romulus,
Elevés par les soins du berger Faustulus (*).
Eloigné des défauts, des vices de ce monde,
Seul, je me promenais, dans la forêt profonde
Qui me servait d'abri contre le sol brûlant,
Les vents secs d'Arabie, et son sable mouvant.
Là je me dérobais, sous un sévère ombrage,
A la mauvaise foi de l'homme, à son outrage.
Le soleil radieux venait sur l'horizon
D'apparaître à mes yeux, fixés sur un buisson ;
Ses rayons irisés sur la tendre verdure
A l'œil nu présentaient un massif de dorure.
J'entendais les doux chants d'une foule d'oiseaux,
Sur des arbres les uns, d'autres près des ruisseaux.
J'étais très-attentif à leur touchant ramage,
Dans ce lieu solitaire, écarté, fort sauvage.
J'observais ces oiseaux et leur diversité ;
Toujours je les voyais heureux en société.
Chaque espèce assemblée et réunie en groupe,
Formait un bataillon, qui singeait notre troupe.
En tête étaient les chefs, ils allaient et venaient,
Puis, selon leur nature, ils sifflaient ou chantaient.
Oh ! vous les eussiez pris pour de vrais chefs d'orchestre,
Ces chanteurs aériens, ce doux charme terrestre,
Dont la réunion a lieu deux fois par jour,
Au départ du soleil, à son brillant retour.
Je ne manquais jamais ce concert agréable ;
Combien de fois, le soir, ai-je quitté ma table
Pour charmer mon oreille et recréer mes yeux,
Au ravissant concert où j'étais très-heureux.

(*) Dans mon songe, je passe subitement de la mer dans
une forêt.

**

Certain jour au matin, comme à mon ordinaire,
Je cours en toute hâte entendre la prière
De la gent volatile, habitants des forêts,
Des plaines, des vallons, montagnes et guérets.
Le soleil se levait, hélas ! fort triste et sombre.
Ce jour-là les oiseaux étaient en très-grand nombre.
Je les examinais, boudeurs, silencieux ;
Certes, il se tramait, vilaine chose entre eux.
Sur mon banc de gazon, selon mon habitude,
Je m'installe au plus vite, avec la certitude
D'un fâcheux désaccord, d'une désunion,
D'un conflit dans leurs rangs ; cette prévision
Qui me donnait du noir, n'était que trop certaine.
J'aperçus des oiseaux, commandés par centaine.
Le Merle sifflait fort et faisait du sabbat ;
L'Aigle criait toujours, appelant au combat.
Je reçus tout à coup du Ciel l'intelligence,
La clef de leur langage, en un mot, leur science.
Du mécontentement je compris le sujet,
Et qu'à se battre, hélas ! ils avaient le projet.
Je vis l'Aigle raillant le Hibou sur sa vue,
La Tourterelle en pleurs, bien triste et confondue,
Parlait avec raison fort mal de l'Epervier,
En méprisait les mœurs, le caractère entier.
Le Merle critiquait le vilain cri de l'Aigle ;
Sa Majesté, dit-il, ne sait siffler en règle.
La Pie et le fier Geai, sans cesse s'accablaient,
Sans le triste Corbeau, leur ami, se tuaient.
Le Rossignol tremblait, ainsi que la Fauvette,
Tandis que vers le Ciel voltigeait l'Alouette.
Au même instant je vis, bien au-dessus de moi,
Un gracieux jeune homme, à couronne de Roi,
Dont la tunique avait la blancheur de la neige,
L'étoffe à l'air flottant ressemblait au barége.

Ses ailes d'un bleu clair, de ce beau bleu d'azur
Que le Ciel d'Arabie offre, tant il est pur.
Ses cheveux tout bouclés, aussi noirs que l'ébène,
Ses yeux du même noir, bien dignes d'une Reine,
Etaient des plus perçants, je vous le dis sans fard,
L'hypocrite n'eût pu soutenir son regard.
Cet ange s'arrêta, se posa sur un plane.
Le Rossignol craintif, n'a plus peur, se pavane,
Fait retentir les bois de ses airs si joyeux,
De roulades, de chants aux sons mélodieux.
La sensible Fauvette, agréable compagne
Du tendre Coryphée, au bois, sur la montagne
Se surpassait, faisait le dessus, le ténor ;
Ces deux chanteurs, en ville, amasseraient de l'or.
L'Ange, envoyé du Ciel, commanda le silence
Et dit : « Prêtez l'oreille à l'utile sentence
Que je viens vous dicter; je vais vous sermoner
De la part du Seigneur, prêt à vous pardonner :
Vous êtes tous égaux, comme oiseaux sur la terre ;
En mérite, je sais, oh ! c'est toute autre affaire.
Vous êtes différents, sachez-en les raisons,
N'étant pas destinés aux mêmes fonctions.
L'Aigle est pour le combat, son cri, signe de force,
Est privé d'harmonie ; il aime encor la Corse
Bien fier d'avoir vu naître, en son île, en son sein,
Napoléon le Grand, gloire du genre humain.
(Ceci dit en passant, et ce, par parenthèse,
L'Emissaire Céleste en revint à sa thèse.)
Le Hibou ne pourrait, quand arrive la nuit,
Surprendre le reptile ou Crapaud qu'il détruit,
Si ces yeux avaient pu soutenir la lumière
Du soleil, ce bel astre échauffant votre terre.
Pour donner à Fauvette, ainsi qu'au Rossignol,
Une légère voix, chantant sur clef de sol,

Il a fallu céder de délicats organes
Capables de charmer les plus belles sultanes.
La Tourterelle au bois roucoule un fol amour,
Elle se tient à l'ombre, évite et fuit la Cour.
Rien n'interrompt en elle un doux désir de plaire,
Non envers l'Epervier, qui ne sait pas se taire.
Mettez donc de côté vos regrets, votre orgueil,
Vous finirez, hélas ! par répandre le deuil.
Renoncez sur-le-champ, oh ! je vous en conjure,
A ces impulsions, elles sont hors nature,
Et ne voyez chez vous, pour éviter des maux,
Que simple différence, et non pas des défauts. »
Tout contrits, les oiseaux font meilleures figures,
Ils renoncent de suite aux méchantes injures,
Et se béquetant tous, avant de s'envoler,
Ils jurèrent entre eux de ne plus quereller.
L'Ange aussitôt s'élance, il vient de disparaître,
Pour remonter au Ciel près de son Divin Maître.
Enfin je me réveille en ouvrant de grands yeux,
Au moment même où l'Ange allait entrer aux cieux.
J'aspirais à le suivre, oh ! pour toute la vie,
Mais hélas ! il m'a dit de là haut : « C'est folie,
Retourne sur-le-champ aux occupations,
Que chaque individu, dans toutes nations,
Doit toujours se créer, pour éviter le vice,
D'où naît le crime affreux, qui conduit au supplice.
Chez toi, retourne donc, mon pauvre Saint-Amand,
Implorer La Fontaine et même Florian.
Ce que tu viens d'entendre et de voir, je l'espère,
Pour faire une fable, offre ample et riche matière.
Adieu, car j'aperçois le Céleste Séjour,
Notre Père Eternel et sa Divine Cour.
Je vais prier pour toi, je serai ton bon Ange,
Parmi mes protégés, Saint-Amand, je te range.

Ne cesse d'aimer Dieu, ne cesse d'être humain,
Pour arriver au Ciel, je te tendrai la main. »

V

LE CHAMEAU ET L'ANE

Un Chameau faisait route avec un prudent Ane :
Fier de son compagnon, celui-ci se pavane.
Arrivés sur le bord d'un fleuve, le Chameau
Ne fit nulle façon pour se jeter à l'eau,
Comme il ne s'en trouvait que jusqu'à moitié ventre,
Il crie à mons Baudet : « Hé ! suis-moi, viens donc, entre,
L'eau n'est pas froide, accours, mes flancs sont peu mouillés,
Tes poils seront lavés et de plus étrillés.
— J'entends parfaitement, vous parlez à merveilles,
Dit le prudent porteur de deux longues oreilles,
Mais c'est qu'entre nous deux, vous ne l'ignorez pas,
On voit facilement, sans mètre et sans compas,
De nos pieds à la tête, énorme différence,
Et que je commettrais une grande imprudence
D'accepter, bon Chameau, votre invitation.
Je ne puis vous prêter mauvaise intention ;
Pourtant, réfléchissez que si votre poitrine
Touche l'eau, j'en aurais au-dessus de l'échine.
Sur ce, continuez, adieu, mille pardons,
Quant à moi je retourne à mes jeunes chardons. »

Aucun ne te connaît, crois-moi, mieux que toi-même.
Imite donc cet Ane, adopte son système.
Ne va pas t'estimer bien plus que tu ne vaux,
C'est un mauvais esprit, car c'est celui des sots.

***

VI

LE CHIEN ET LE MILAN

Un Chien apercevant sur l'étal d'un boucher
Un excellent gigot qu'il ose décrocher,
Se met à trottiner, sans regarder derrière,
S'enfuit comme un voleur, arrive à la rivière.
Pour être plus tranquille, il veut la traverser,
Disant, de l'autre bord, je pourrai le manger,
Ne perd pas un instant, il se jette à la nage,
Le parfum du gigot lui donne du courage.
Mais au milieu de l'eau, la reproduction
De ce qu'il porte encor, cette apparition
D'un morceau bien plus gros que le sien, le chiffonne,
Ma foi, je suis heureux, certes, plus que personne,
La fortune sourit, il faut en profiter,
M'emparer du plus gros et ne pas regretter
Celui-ci, qu'au surplus je pourrai bien reprendre.
Notre ambitieux Chien, ne voulant plus attendre,
Se décide à lâcher ce qu'il tenait si bien,
Dans l'eau plonge et replonge, il n'aperçoit plus rien ;
Saisi d'étonnement, il en rougit de honte,
Se torture l'esprit, ne peut s'en rendre compte.
L'idée alors lui vint du morceau du boucher,
Qu'il venait, pauvre chien, de bêtement lâcher ;
De suite il se retourne, avec pleine assurance
De voir sur la surface, à petite distance,
Le morceau dédaigné. « Mais, ô fatalité !
Se dit-il, conçoit-on pareille agilité,
Cet infâme Milan, enlevant ma capture
Pendant que je plongeais, quelle triste aventure !
— Tu voulais l'impossible, insensé, dit au Chien

Le Milan, j'en profite en prenant le certain,
Qu'il fallait conserver, pas autre chose à faire ;
Prends des ailes, suis-moi, je retourne à mon aire.
Dis-toi, quand un voleur pille un autre voleur,
Que le serpent en rit, pour lui c'est du bonheur. »

La fortune volage, étant fort peu durable,
Sitôt qu'elle sourit, se montre favorable,
Il faut en profiter. Ce dont tu jouiras
Ne l'abandonne point, pour ce que tu n'as pas.

VII

LE CHAMEAU ET LE BUISSON

Un paisible chameau paissait dans un désert,
Il broutait des chardons et cherchait son dessert,
Aperçoit un massif à certaine distance,
Le trouve en arrivant fort à sa convenance,
De ses feuilles garni, c'était un beau buisson
Aussi frais que le teint d'un jeune et gros garçon,
Epais et bien fourni comme la chevelure
D'une candide fille, enfant de la nature.
Il allonge le col, et sans perdre un instant
Se dispose à manger ; mais il voit un serpent
Au fond de ce buisson, tout blotti sur la terre,
Roulé comme un anneau, cela ne lui plaît guère ;
Il recule de suite et lui tourne le dos,
Renonce à son dessert, certes, fort à propos.
Mais le Buisson disait : « Chameau, c'est une feinte,
Je la conçois très-bien, je devine ta crainte,
Les épines, c'est sûr, dont je suis hérissé,
Expliquent cette peur, ton départ empressé. »
Le Chameau, très-piqué d'une telle impudence,

De cette vanité, de pareille arrogance,
Se retourne pour dire à l'insolent buisson :
« Ta méprise, mon cher, vraiment n'a pas de nom,
Si tu fais l'ignorant, c'est méchante bêtise,
Je dois te l'avouer avec toute franchise.
Comment, ne vois-tu pas que c'est ce vil Serpent,
Malheur du genre humain, à la mortelle dent,
Caché sous ton feuillage où le maudit repose ;
C'est lui seul et non toi qui bien sûr m'en impose.
Je ne te craindrais pas, mon tendre et vert buisson,
S'il voulait, ce Serpent, sortir de ta maison.
J'éviterai toujours son venin, sa morsure,
De tes pointes, ma dent ne craint pas la piqûre.
Rends donc grâce à ton hôte horrible et dangereux,
C'est fort heureux pour toi, pour moi malencontreux.
Je voulais pour dessert un peu de friandise,
Aussi je te regrette, étant fort à ma guise.
Je ne laisserai pas échapper le printemps,
Sans revenir te voir, adieu, pour peu d'instants. »

Sur la Terre et sur l'Onde, il n'est rien d'étonnant
Que l'homme brave craigne un brigand, un méchant,
Quand on sait que sa force, à cet homme perfide,
N'est employée, hélas ! que pour être homicide.

VIII

LES CHIENS-LOUPS

Il existe en Egypte une espèce de chiens,
Qu'on ne peut élever, ce sont de vrais vauriens.
D'un naturel vorace et plus ou moins sauvage,
Plus petits que le loup, ils aiment le carnage.
Rarement ils vont seuls, pour livrer un combat ;

Contre le vent, ces chiens conservent l'odorat.
J'en aperçus un jour, au milieu d'une plaine,
Ils étaient fort nombreux au bord d'une fontaine,
D'une espèce de lac. Ayant de bien bons yeux,
Sur son brillant cristal, je vis des peaux de bœufs,
Que les chiens affamés, trouvent fort à leur guise,
Et pour les dévorer, au moyen l'on avise.
On décide à l'instant de boire toute l'eau,
Pour pouvoir parvenir bien vite à chaque peau,
Mais l'eau coulant toujours, avec trop d'abondance
Ils boivent tant et tant, qu'ils perdent l'existence.

Pour celui qui n'a pas assez de jugement
Et qui toujours agit sans nul discernement.

IX

LE CHAT VOULANT RONGER LA LIME

Un Chat entrant un jour chez maître forgeron
Avec sa langue veut faire le fanfaron,
Monte sur l'établi, s'empare d'une lime,
Se met à la lécher, le voilà qui s'escrime.
Sa langue, sans le voir, commençait à saigner,
Il avalait le sang, sans se plaindre ou grogner,
Étant persuadé qu'il sortait de la lime.
Ne pouvant concevoir, qu'il courait vers l'abime,
Il veut continuer; oui, jusqu'à ce qu'enfin
Sa langue fut usée et vit sa triste fin.

A celui qui toujours dépense son argent
Sans qu'il soit nécessaire et sans discernement,
S'il ne peut appeler la raison à son aide,
Qu'au désir de jouir, il n'apporte remède,

Pour lui ne concevez le plus petit espoir,
Sa ruine viendra, sans s'en apercevoir.

X

LE CHIEN ET LE MORCEAU DE PAIN

Hélas ! un Chien sans maître, ayant la faim canine,
Faisait triste figure, avait mauvaise mine,
Prenait, c'était la nuit, à la porte d'un bourg,
Un moment de repos, en attendant le jour.
Ouvrant les yeux, il vit, roulé par un vent ferme,
Un gros morceau de pain, qui sortait d'une ferme,
Il dirigeait sa course en plein sur le désert,
« Halte-là, fit le Chien, bon pain blanc de dessert. »
Le vent toujours très-fort, emportant dans la plaine
Le pain après lequel courait à perdre haleine
Ce pauvre Chien, criant : « O toi ! soutien du corps,
A te rejoindre, ami, je fais tous mes efforts.
Force des voyageurs, objet que je désire,
O suprême bonheur ! après toi je soupire,
De quel côté vas-tu ? Je ne te conçois pas,
Prends donc pitié de moi, retourne sur tes pas.
— Je vais dans le désert, mais, mons chien, on devine
Que tu veux me croquer, c'est écrit sur ta mine, »
Fit le morceau de pain, emporté par le vent,
Qui ce jour-là soufflait du couchant au levant.
Je vois encor le pain qui bondit et qui roule,
On put croire vraiment, que c'était une boule.
Quoique bien fatigué, le chien prend son essor,
Ses forces il rassemble, aboie, aboie encor.
« Fou de morceau de pain, oui, tu cours à ta perte,
Si mes sages conseils ne te donnent l'alerte.
Tes oreilles, ton cœur et tous les sens sont sourds,

Tu crains, j'en suis certain, d'entendre mes discours,
C'est bien avec raison, je ne puis m'en défendre;
Je ne cours après toi, certes, que pour te prendre,
Aussi ne pense point à vouloir m'échapper,
Je ne te quitte pas, je tiens à t'attraper,
Serais-tu dans la gueule ou griffes de l'hyène,
Ou dans celle d'un loup, comme d'une sirène.
L'amour que j'ai pour toi ne peut être autrement,
Je t'aimerai toujours, jusqu'au dernier moment,
Tu ferais, crois-le bien, tout le tour de ce monde,
Je te suivrai partout, sur la terre et sur l'onde. »

Ce chien à pérorer, son temps vraiment il perd,
Dites-vous, c'est la voix criant dans le désert.
Hélas! ventre affamé, jamais n'aura d'oreilles,
A moins que Dieu pour lui n'opère des merveilles.

XI

LE CERF ET LA BREBIS

PLAIDANT DEVANT LE LION

Un Cerf, vrai fainéant et d'humeur déloyale,
Employait quelquefois l'autorité Royale
Pour rançonner, pour mettre à contribution.
Un jour il fit venir, devant sire Lion,
Une pauvre Brebis, pour obtenir de l'orge
« Qu'elle me doit, dit-il, et dont elle regorge. »
Ce stratagème affreux, devant Sa Majesté,
Devait être puni, n'étant que fausseté.
Mais le terrible Loup, que la Brebis redoute,
Servant de faux témoin, dit : « Elle doit, nul doute ;
Sire, j'étais présent, par un temps sombre et noir,

Elle a promis au Cerf, en nous disant bonsoir,
Qu'elle viendrait sous peu solder sa redevance
En échange de bonne et valable quittance.
Les bons comptes toujours ont fait les bons amis,
Nous dit-elle en partant. » Notre pauvre Brebis
Se laisse intimider à l'impudent langage
Du Loup, qui lui fait peur, à rembourser s'engage.
On prend acte, on se quitte, adieu, Cerf, à ce soir,
J'aurai l'orge ou le prix, à bientôt, au revoir.
Le Cerf ne manqua pas d'aller chez sa victime,
Avec l'intention d'y percevoir la dîme
Qu'il s'arrogeait souvent en face du Lion,
Soutenu par le Loup, sous sa protection,
Il arrive à la porte en criant : « Ma commère,
Ouvrez vite, on ne voit ni le ciel, ni la terre.
— Ah ! c'est vous, mons Coco (*), vous êtes donc tout seul ?
— Oui, seul, tout à fait seul, sous votre beau tilleul.
— Vous vous trompez, Coco, ce bel arbre est un hêtre
Qu'à ma porte, le Ciel, par hasard a fait naître. »
Brebis, bien convaincue, à travers les barreaux,
Que compère le Loup, le plus grand des fléaux
Que l'on puisse envoyer à sa trop faible race,
N'était pas avec Cerf, ne lui faisait pas face,
S'empresse à profiter de cette occasion
Pour plaisanter Coco, lui faire la leçon.
Elle ouvrit simplement sa petite fenêtre
Pour conseiller au Cerf d'aller bien vite paître ;
C'est le meilleur remède et l'unique moyen
D'apaiser, de combattre une mortelle faim.
« Cessez donc, cher Coco, de compter sur mon orge ;
Les vivres mal acquis font trop mal à la gorge.
Il faut vous résigner, c'est dans votre intérêt,

(*) C'était le père du Cerf de Franconi.

Renoncez dès ce soir à ce prétendu prêt,
Redevenez honnête, écoutez votre Biche,
Cette douce compagne, et vous serez plus riche ;
Mais ne fréquentez plus les trop féroces Loups,
Pour être bien heureux, venez vivre avec nous ;
Vous y rencontrerez vos parents, Bouc et Chèvre,
Sur de riants coteaux de bruyère et genièvre,
Vous serez bien reçus, arrivez triomphants,
Vous, votre bonne Biche et vos deux jolis Faons. »
Notre Cerf, dit Coco, d'une bonne nature,
Capable n'était pas de faire égratignure.
Mais du coquin de Loup, qui vivait de larcin,
Il venait, pauvre sot, prendre avis le matin.
On ne lui reprochait que certaines paresses ;
Ce défaut, vous savez, fait faire des bassesses
Sensible aux bons avis qu'il reçoit sur les mœurs,
Notre pauvre Coco se trouve tout en pleurs.
Brebis s'en aperçoit, une simple parole
Par elle prononcée aussitôt le console ;
Il retourne au logis, en jurant tout à coup
Qu'il ne reverrait plus l'infâme et méchant Loup.

> On ne gagne jamais rien
> A fréquenter un vaurien ;
> Dieu ne veut pas que le vice
> En impose à la justice.

Brebis ne devant pas la condamnation,
Ne pouvait recevoir son exécution.

XII

LE CHIEN DE TERRE-NEUVE

Je demandais au Chien de mon cher Communal,
Boule-dogue excellent, vigilant animal

Des plus sobres, vivant de pain, d'os et de soupe,
Ayant toujours de l'eau dans une énorme coupe,
Pourquoi les mendiants, les pauvres malheureux,
Parmi lesquels on voit, c'est vrai, des paresseux,
Sont-ils mal accueillis, en venant à la grille,
Et pourquoi de ses yeux la prunelle pétille,
Ce que je concevrais, si le soir, dans la nuit,
Quand tout est bien tranquille, il entendait du bruit.
Ne voulant que le jour ils viennent à la porte,
C'est témoigner pour eux une haine bien forte.
« Je hais les mendiants remplis d'avidité,
J'aime le pauvre honteux et sa frugalité,
Me répondit le Chien, mes os en sont la preuve,
De nous, c'est bien la vie, elle est saine et pas neuve.
Pour les premiers, Monsieur, pas de compassion,
Aussi me voyez-vous la résolution
De leur montrer les dents, leur déclarer la guerre;
Mais ma maîtresse a tort; souffrant de leur misère,
Qui n'est pas sérieuse, elle donne du pain,
Quelquefois de la viande, et même un peu de vin.
Bonne Victoria, sans doute qu'elle ignore
Que leur besace pleine, ils demandent encore ;
Viennent crier la faim, ne sont jamais contents;
C'est un fâcheux abus, aussi vieux que le temps.
Ne les plaignez donc pas, ces coureurs d'aventures,
J'en vois beaucoup le sac rempli de nourritures.
Chacun porte sans cesse et par oisiveté
A la main le bâton de la mendicité.
A l'odeur, je saurai, je crois, les reconnaître,
Indiquer franchement à mon excellent maître,
Parmi les mendiants, les vrais nécessiteux
Qu'il faudra soulager comme pauvres honteux. »

XIII

LA COLOMBE ALTÉRÉE

Une pauvre Colombe étant très-altérée
Cherchait depuis longtemps, sous la voûte éthérée
(C'était en canicule) une parcelle d'eau ;
Voltigeant au-dessus d'un tout petit hameau,
Elle vit sur un mur un vase en terre cuite
Qui contenait de l'eau, s'élance tout de suite
Avec beaucoup de force et de rapidité.
Malheureuse et funeste impétuosité !
Colombe se frappa la tête sur le vase,
Hélas ! tellement fort, qu'il sortit de sa base ;
Perdant tout son aplomb, disparaissant soudain,
Ils sont allés tous deux tomber dans un jardin.
Colombe, par malheur, se fracassa la tête.
On l'entendait gémir, dire : « Que je suis bête !
Mais tout mon sang s'échappe, hélas ! je vais mourir,
Si jeune, avec la vie il faut donc en finir.
C'est ma rapidité pour arriver au vase :
De me désaltérer je tombais en extase.
Que vont-ils devenir en apprenant ma mort !
Chers petits tourtereaux, plaignez, plaignez mon sort. »

Que la précaution et la sage lenteur,
Dans tous nos mouvements, portent plus de bonheur,
Que trop de promptitude et trop d'impatience.
Cette fable vraiment en est la conséquence.

XIV

LE COQ ET LE CHACAL

Un Chacal prit un Coq dans le fort du sommeil,
Celui-ci mécontent dit : « Pourquoi ce réveil

Au milieu de la nuit, d'une façon brutale?
Que signifie? — Allons, Coq, que je me régale...
— Auriez-vous donc sur moi, quelque prétention,
Je ne puis supposer pareille intention,
Envers un malheureux parfaitement tranquille,
Annonçant au matin aux dormeurs de la ville,
Bien avant l'Angelus, à la pointe du jour
L'approche du soleil, son éclatant retour,
En tous temps précédé de belle et fraîche aurore :
De plus, je suis Gaulois, que tout le monde honore,
Maître, faites-moi grâce, oh ! je suis innocent.
Pourquoi prendre toujours cet air si menaçant ?
Que vous ai-je donc fait, Chacal, pour vous déplaire?
Et pourquoi venez-vous me déclarer la guerre ?
Je ne vous ai jamais voulu le moindre mal,
Je suis, vous le savez, trop chétif animal.
— De bien bonnes raisons, pour t'enlever la vie,
Je n'en vois nullement ; mais je n'ai pas envie,
Répondit le Chacal, de partir ventre creux.
C'est pour toi, je conçois, un moment bien affreux,
Je ne puis renoncer à pareille entreprise,
C'est vraiment impossible, étant de bonne prise.
Personne, crois-le bien, n'a dû me conseiller,
Le hasard m'a conduit vers ce bon poulailler.
A peu près à cent pas, j'ai senti chaire fraîche,
C'était tellement fort, que ma langue en est sèche,
Oh ! j'ai soif de ton sang, je tiens à te manger ;
En ta faveur je puis cependant m'engager,
A t'accorder de suite, en un mot te permettre
De dire franchement, comment tu voudras être
Soit tué d'un seul coup, ou croqué par morceaux,
Mais surtout, réponds vite, à l'instant, en deux mots,
Parle, superbe Coq, arme-toi de courage,
Pour me dire la mort qui te plaît davantage. »

Employer la prudence et la précaution,
Pour éloigner de toi le malheur, c'est très-bon ;
Mais si, mal inspiré, l'homme méchant t'arrête
Et qu'à te maltraiter ou tuer il s'apprête,
Ne crois pas te sauver, en le bien pérorant.
Pour le moins, cet infâme, il prendra ton argent.
Rends grâce au ciel, dis-toi, tout en étant victime :
« Ce méchant aurait pu commettre un plus grand crime. »

XV

LES DEUX COQS

Deux magnifiques Coqs, sur un vaste fumier,
Se battaient à Dampleux, vis-à-vis mon fermier
Qui me fit appeler pour jouir du spectacle,
Tout à fait à mon aise et sans aucun obstacle,
En laissant à Paris, le triste inconvénient,
De se sentir heurter et voler son argent,
Ses bijoux et sa montre, au milieu de la foule.
C'était bien l'an dernier, dans le faubourg du Roule,
Je fus victime un jour d'un semblable larcin.
Pareil vol fait la nuit, il faut le médecin,
Si les vils détrousseurs, après si bonne aubaine,
Usent de leurs poignards, vous jettent dans la Seine.
(Supposant toutefois que, dans ce dernier cas,
L'on puisse vous ravoir avant votre trépas.)
Nos deux Coqs se battaient, oh ! d'estoc et de taille,
Ils en faisaient trembler les poules, la volaille.
Le combat terminé, celui qui fut vainqueur,
Ne part pas, reste là ; l'autre n'est plus moqueur ;
Tout honteux et confus, il se rend dans la grange,
S'y cache tout couvert de son sang et de fange.
Cependant tout à coup, le coq victorieux
Monte sur le clocher, et d'un air radieux

Bat des ailes bien fort en chantant sa victoire.
Ce qu'il a dit alors n'est plus dans ma mémoire.
Mais un oiseau de proie aperçoit le faquin,
Fond sur lui, le saisit, l'emporte vite au loin.

L'homme sensé ne peut, il ne serait pas sage,
S'il tirait vanité, parti de l'avantage
Qu'il obtient du hasard, ou mieux encor du ciel.
En cette circonstance, il est essentiel
D'être grand, généreux, c'est montrer du courage.
Cette vertu, bien peu l'obtiennent en partage.

XVI

A MES PETITS ENFANTS

Grand-papa, grand'maman, aux petits enfants sages
Adressent des bonbons, des livres, des images,
Pour tout petit René, le gros et cher poupon
Qui commence à marcher, le délicat bonbon ;
Pour Marcel un beau livre, enseignant la lecture,
Plein d'images, tableaux de la belle nature ;
Pour George comme étant l'aîné, le grand garçon,
Ayant plus de sept ans, l'âge de la raison,
Une espèce d'album, enseignant l'écriture,
Qu'il sera désireux d'imiter, chose sûre.
Nous joignons la grammaire en vogue de Lhomond,
Que petite maman pourra, le trouvant bon,
Enseigner cet automne à son cher petit George,
Et pour l'encourager, voilà du sucre d'orge,
Dont il fera trois parts : une au bon gros René,
Une à petit Marcel, l'autre à lui comme aîné ;
Il pourra s'adjuger les débris de la casse,
Pas plus, ne voulant pas de tour de passe-passe.
Grand'Mère s'en rapporte à la discrétion

De George, son chéri, beaucoup moins polisson.
Quand il saura bien lire et manier la plume,
Il recevra de nous, volume par volume,
L'histoire de la France et celle des Gaulois,
L'histoire des Romains et des Carthaginois,
L'histoire ancienne avec celle du Nouveau-Monde,
George fera le tour de la machine ronde,
Certes, sans nul danger, sans se casser le cou.
Grand-Père, dit que George ira jusqu'au Pérou,
Et Grand'Mère prétend qu'il verra l'Amérique,
Et tout cela, bien sûr sans nuire à son physique,
Sans bouger de sa place et surtout changer d'air,
Sans dépense et sans frais dans les chemins de fer.
Il pourra parcourir toute l'Océanie,
Sa vaste et grande mer, sans crainte pour sa vie.
Pour le sauvegarder, servir de compagnon,
Grand-Père fait cadeau d'un beau petit canon.

XVII

L'ÉLÉPHANT A LA PLACE ROYALE

Je viens, mon bon Joseph, mon cher petit enfant,
Te raconter le fait d'un énorme Eléphant.
Ne va pas t'effrayer, c'est une historiette
Qui te divertira; je la crois bien drôlette.
Nous avons pour voisins, sur nos beaux boulevards,
Divers grands animaux, tels que loups, léopards,
Chameau, rhinocéros, dromadaire, ours, gazelle.
Cette dernière, ami, toute jeune et bien belle,
Est toujours admirée, avec notre Eléphant,
Véritable farceur, tout à fait bon enfant,
Amateur de gâteaux, galette et confiture,
Prétend certain journal duquel j'ai fait lecture
A ta petite mère, ainsi qu'à grand'maman,
Qui dirent toutes deux, ah! vraiment, c'est charmant!

Marcel avec René, parfois gentils et sages,
Dans une sainte Bible observaient des images;
On les vit accourir à l'exclamation,
Ecouter la lecture avec attention.
« Oh ! que n'étais-je là, bonne petite mère,
Avec cet Eléphant chez dame pâtissière !»
Dit Marcel, amateur de galette et gâteaux
Tout autant que René, ne laissant aux oiseaux
Ni la plus mince croûte ou la moindre miette,
En un mot rien du tout au fond de son assiette.
« Enfin, mon bon ami, je te vois intrigué
Avec ton petit air gentil et distingué,
Me dire, grand-papa, je te prie et conjure,
De l'énorme Eléphant apprends-moi l'aventure.
A ta supplique, ami, je réponds à l'instant,
Pour bien me recueillir il ne faut qu'un moment.
Tu sauras, cher Joseph, qu'au boulevard du Temple
On voit des animaux d'un savoir sans exemple.
T'en tracer les détails, je craindrais t'ennuyer,
Et, je dis plus, certains pourraient bien t'effrayer.
Tout éduqués qu'ils sont, les animaux féroces
Conservent leur nature avec leurs dents atroces.
Bornons-nous donc, c'est sage, à l'énorme Eléphant.
Oh ! bien beau; quand il marche il a l'air triomphant.
La nuit, quand tout repose, il fait sa promenade,
Conduit par son cornac, sans faste et sans parade.
— Fanfan a besoin d'air, près de lui je marchais (*);
Forcé de m'arrêter boulevard Beaumarchais,
Je l'attache aussitôt autour d'un petit arbre.
La nuit n'était pas chaude, oh ! j'étais comme un marbre,
Tout saisi par le froid, véritable glaçon,
J'enviais sottement le sort du limaçon,

(*) C'est le Cornac qui raconte à son maître.

Tant je désirais être à la ménagerie,
Aussi je décidai d'aller à la mairie.
Pendant l'instant qu'au poste, avec quelques soldats,
Je me réchauffais bien; du bruit, un grand fracas
Retentissait, hélas ! à la place Royale,
Le poste surveillant à ce fracas détale,
Arrivé sous l'arcade, envoie un caporal,
Qui de loin aperçoit un très-gros animal.
J'étais à vingt-cinq pas du brave militaire,
Oh ! non pas en avant, mais bien sûr par derrière.
Jugez, bon Directeur, de mon étonnement,
De ma frayeur mortelle; ah ! quel vilain moment !
Le caporal disait en paroles très-nettes :
Soldats, attention, mettez vos baïonnettes.
Eh ! Directeur, pour qui? pour mon pauvre Fanfan,
Votre bien admirable et savant Eléphant,
Qui s'ennuyait par trop de se voir seul en laisse
Au froid sans son cornac et sans une caresse ;
Aussi s'est-il conduit comme un jeune écolier,
Non parce qu'il parvint à casser son collier,
A déraciner l'arbre encor faible, à la place
D'un énorme, ayant vu des Rois plus d'une race,
Mais bien pour le délit commis chez Gautissier,
De la place Royale excellent pâtissier.
Voici, cher Directeur, en un mot le dommage :
Fanfan se trouvant libre arrive, sans tapage,
A la place Royale, en aspirant, humant
L'air pur avec sa trompe élevée en avant.
— Mais tu n'étais pas là, craignant d'avoir un rhume.
— Pardon, mon Directeur, pardon, je le présume.
— Pas de présomption, détestable bavard,
Apprends-moi sur-le-champ, et sans plus de retard,
Le genre de délit, le prétendu dommage.
Mais voyons, parle donc, car j'étouffe, j'enrage.

—Ne vous fâchez pas, maître ; oh ! Fanfan sent de loin,
Ne se trompe jamais, c'est toujours au bon coin.
Mais, au fait ! —C'est vrai, maître, écoutez l'aventure :
Vous saurez que Fanfan a de la devanture
Du pauvre Gautissier, fait pièces et morceaux,
Pour s'adjuger, manger galettes et gâteaux.
Au fracas, Pâtissier et dame Pâtissière,
Jusqu'au petit mitron, avec la cuisinière,
En costumes de nuit, tremblant de froid, de peur,
Se sont mis à crier à la garde, au voleur !
La dame Gautissier ne paraît pas peureuse ;
Au contraire on la dit forte et très-courageuse ;
Pendant que son mari criait, se lamentait,
Voulant se rendre compte, elle prend son balai,
Arrive à la fenêtre, armée, oh ! d'un bon manche ;
Mais, comme il faisait nuit, elle atteint une planche,
Donnant un second coup, son fort manche est rompu.
Cette maîtresse femme a fait ce qu'elle a pu
Envers notre Eléphant. Elle cherchait encore
A lutter avec lui, la nuit, avant l'aurore,
Quand elle se sentit flairer, toucher la main,
On l'entendit crier : « Hé ! je tiens l'assassin. »
Au même instant, Fanfan l'entoure de sa trompe,
Et l'enlève au plafond avec grâce, avec pompe.
Il la repose à terre, oh ! sans lui faire mal ;
Jugez de la bonté de ce grand animal ;
Madame Gautissier a dû le reconnaître,
Le proclamer tout haut pour son vainqueur, son maître.
Enfin il m'a fallu payer tout le dégât,
Voulant faire cesser un infernal sabbat,
Eviter la prison et la mise en fourrière
De mon pauvre Eléphant préférant sa litière.
Tout à la place était par Fanfan avalé.
Il désirait venir chez le voisin Vallé,

Pâtissier renommé de la rue Saint-Antoine,
Pour finir son repas, ne voulant plus d'avoine.
Fanfan, votre Eléphant, est rempli de gaîté,
Vous allez en juger ; c'est un enfant gâté,
Avec sa trompe il vient de corner à merveille,
Fredonner un couplet, me souffler à l'oreille :

> Je suis des plus enchantés
> De cette drôle aventure,
> De ma bonne nourriture,
> En vol-au-vent et pâtés,
> Pleins de perdreaux et de hures,
> En gâteaux et confitures,
> « Si vous voulez m'en donner,
> « Je saurai bien les manger, »
> Recommencer l'aventure
> Dans une autre devanture.

Assez, assez, lui dis-je. Il chanterait encor,
Tout en m'étourdissant de sa voix de stentor.
Mais comme il m'aime bien, et qu'il est fort docile,
J'ai pu le ramener à son bon domicile.
Voyez, voici la note acquittée à l'instant,
Je puis vous l'assurer, je n'en suis pas content ;
On estime bien cher gâteaux et confiture,
Vol-au-vent, en un mot cette déconfiture.
Mais ce qui m'a fait rire, ah ! c'est original,
C'est le départ du brave et vaillant caporal,
Qui m'a recommandé de mieux garder ma bête,
D'épargner à ma bourse un pareil jour de fête,
Surtout de s'abstenir de promener Fanfan
La nuit, sans y voir clair (*). Adieu, mon cher enfant. »

(*) Ce qui serait bien difficile, cet Éléphant ayant des défenses d'un ivoire brillant et clair.

XVIII

L'ENFANT ET LE SCORPION

Un Enfant, certain jour, chassait aux sauterelles,
Il ne négligeait pas les belles demoiselles.
Les premières sautaient sur le dos des agneaux,
Les autres voltigeaient sur le bord des ruisseaux,
Celles-ci, pour l'enfant, sont des plus amusantes ;
Le corsage azuré, les ailes élégantes,
Comme celles d'Iris, aux plus belles couleurs,
Qu'on aperçoit souvent au milieu d'un nuage,
Soit après une averse, ou bien après l'orage.
Nos anciens de ce signe avaient grandes frayeurs.
Maintenant ce n'est plus un sinistre présage,
On se dit simplement : C'est Iris qui voyage.
Mais vraiment je me perds, revenons à l'Enfant
Qui vit un Scorpion ; le voilà triomphant,
Il le prenait bien sûr pour une sauterelle,
Il s'écriait : « Mon Dieu ! comme elle est grande et belle ! »
Voulant s'en emparer, il étendit la main,
Le Scorpion allait lui jeter son venin,
Prenait position, se mettait en mesure,
De lui lancer son dard en plein sur la figure,
Soudain l'Enfant recule, et le Scorpion dit :
« Certes, si dans ta main, mon garçon, mon petit,
Tu m'eusses empoigné, c'eût été triste envie,
Ce serait fait de toi, car tu perdais la vie.
Aux demoiselles qui, je vois, font tes amours,
Il faudrait, cher petit, dire adieu pour toujours. »

FIN DE LA PREMIÈRE LIVRAISON.

Imprimerie de Pillet fils aîné, rue des Grands-Augustins, 5.